HISTOIRE D'UN SAPIN

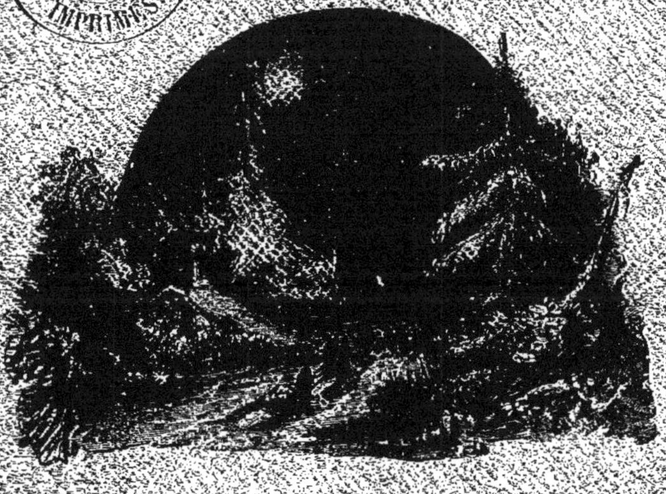

PARIS
SOCIÉTÉ DES TRAITÉS RELIGIEUX
33, RUE DES SAINTS-PÈRES, 33

1898

HISTOIRE D'UN SAPIN

Brochures de Noël parues

N° 1.	L'Orphelin de Briquedalles	Septième mille
N° 2.	Noël dans la Chaumière	Cinquième mille
N° 3.	Sur les Toits	—
N° 4.	Le Père Noël	—
N° 5.	Le vieux Fagoteur	—
N° 6.	Gaspard le Tailleur	—

Prix de l'exemplaire : **0 fr. 20** ; par la poste, **0 fr. 30**
Le cent : **15 francs.** — *Port en sus.*

Nous pouvons fournir le cent assorti, composé des diverses brochures parues.

HISTOIRE
D'UN
SAPIN

PARIS
SOCIÉTÉ DES TRAITÉS RELIGIEUX
33, RUE DES SAINTS-PÈRES, 33

1898

Mes chers Enfants,

Savez-vous ce que c'est qu'un trouble-fête ?... C'est un monsieur qui arrive au milieu d'une bande joyeuse d'enfants, et leur dit, au moment où l'on se dispose à leur distribuer des gâteaux et des jouets : « Halte-là ! j'ai une petite morale à vous faire. Ecoutez d'abord mon sermon, après quoi, vous recevrez les objets qui vous sont destinés. »

Oh ! quel vilain monsieur, que ce monsieur-là !

Et avec quel plaisir vous l'enverriez promener, si vous l'osiez !

Eh bien ! ce trouble-fête, c'est qui ?... c'est... moi...

En vérité, j'ai à tenir un rôle bien ennuyeux. Comme un oiseau qui chante faux, je viens troubler cette aimable fête par un discours et, qui pis est, par un discours qui risque d'être long.

Pour me punir, je vais vous faire rire à mes dépens.

Figurez-vous que, depuis huit jours, je suis dans le plus grand embarras. Il y avait une fois une dame qui avait perdu son mari. A toutes les personnes qu'elle rencontrait, elle demandait : « Avez-vous vu Lambert ? » Moi, je suis comme cette brave femme, seulement... c'est le contraire. Je n'ai rien perdu, mais je cherche quand même quelque chose. Au lieu de dire aux amis que je rencontre : « Avez-vous vu Lambert ? » je leur dis : « Connaissez-vous une histoire, une toute petite histoire pour raconter à mes enfants de l'Ecole du Dimanche, le jour de l'arbre de Noël ? » Et tous m'ont répondu : « Nous ne connaissons pas d'histoire. »

C'était désespérant.

Enfin, je me suis rappelé tout à coup que Laboulaye, un auteur très connu, mort il y a quelques années, avait écrit un recueil d'histoires délicieuses pour enfants, intitulé : *Contes bleus.*

Les Contes bleus, voilà mon affaire, me suis-je dit. Le bleu, ça reposera du blanc de la neige. Alors, je me précipite dans la bibliothèque du Temple, je cherche le n° 20... et je m'aperçois que les Contes bleus sont en voyage, à 25 kilomètres d'ici, emportés par une dame pour amuser son petit garçon.

Cela se passait le jeudi. Jugez de mon embarras. Que faire? Pas d'histoire, et le dimanche approchait. Je me creusais le cerveau, pour découvrir dans un coin un de ces vieux contes que ma nourrice aimait à me raconter. Rien, je ne trouvais rien. Plongé dans mes réflexions, je revenais de voir un malade du côté de Saint-François, sur les 5 heures du soir, quand je me heurtai à un objet enseveli sous la neige qui, hier, vous le savez, tombait ferme et drue. En même temps, j'entendis un gémissement douloureux, quelque chose comme le bruit que fait un morceau de bois quand on le casse.

Je m'arrête, me baisse, prends dans la main l'objet heurté, regarde à la clarté du bec de gaz, et, quelle n'est pas ma surprise, de constater que je tiens... une bûche. Je faisais déjà le geste de la lancer dans la rue, quand, tout doucement, bien timidement, elle me dit : « Monsieur le pasteur...

Mais allez-vous me dire : « Qu'est-ce que vous me racontez là ! D'abord, les bûches, ça ne parle pas ; ensuite, comment vous aurait-elle reconnu? »

C'est, en effet, ce que je lui demandai : « Comment me connaissez-vous ? Où m'avez-vous vu ? » A quoi elle me répondit :

« Un peu de patience, mon cher pasteur. Baissez-vous un peu, je vous prie, car je suis fortement enrhumée et puis à peine parler. Je vais vous raconter mon histoire. »

Tiens ! pensai-je, écoutons-la. C'est peut-être l'histoire que je cherche pour l'arbre de Noël.

Je tendis donc l'oreille et voici comment elle s'exprima dans un langage que vous ne comprenez pas encore, mes chers enfants, mais qui est peut-être le plus beau de tous, le langage de l'imagination. Je vais le traduire en français :

— Monsieur le pasteur, ce n'est pas gentil de votre part de ne pas me reconnaître. Nous nous sommes rencontrés, cependant, dans une circonstance que vous devriez vous rappeler. Mais les hommes sont si oublieux, les ingrats !

— Madame la Bûche, répondis-je, je vous demande bien pardon, mais décidément, je ne vous remets pas... je vois tellement de monde, et puis...

— Au fait, répliqua-t-elle, ça ne m'étonne pas. Quand vous m'avez vue, je n'étais pas aussi déguenillée, et le proverbe a raison : on tend la main aux inconnus qui sont bien mis, on tourne le dos à ses meilleurs amis qui sont mal vêtus.

— Oh ! Madame la Bûche, vous me calomniez et croyez bien...

— C'est bon, me dit-elle en éternuant, je vous ai promis mon histoire, je commence :

Vous vous tromperiez si vous vous imaginiez que j'ai toujours été dans l'état misérable où vous me voyez. Il y a un an, je faisais partie d'un immense parc qui embrassait toute une colline. J'avais un manteau d'un vert splendide qui se détachait dans toute sa pureté et son éclat sur un ciel d'un bleu merveilleux. Et ce manteau ne s'usait jamais. Par une sorte de miracle que je ne parviens pas à m'expliquer, il se renouvelait sans cesse et toujours s'adaptait admirablement à ma taille.

J'étais bien nourrie. La terre sur laquelle je me

trouvais me donnait en abondance tous les aliments dont j'avais besoin. Aussi, si vous m'aviez vue, à ce moment-là, vous n'auriez pas pu vous empêcher de m'admirer. Evidemment, j'étais le plus beau sapin de la forêt...

— Ah! vous étiez un sapin, m'écriai-je! Mais alors, seriez-vous...?

— Attendez donc, impatient que vous êtes. Vous ressemblez à ces enfants qui veulent qu'on leur raconte la fin d'une histoire avant le commencement et qui lèchent la confiture avant de manger le pain.

— Pardon, Madame la Bûche, mais mon impatience est bien naturelle, car il me semble maintenant que je vous reconnais. Mais continuez, je ne vous interromprai plus.

— Donc, reprit-elle, j'étais alors un beau sapin, je mesurais 7 mètres 25 centimètres de haut. Ma cime élancée, svelte, se balançait au moindre souffle et sur elle venait se poser de temps en temps un gai pinson qui jetait dans les airs les notes perlées de sa joyeuse chanson. Dans mes branches se réfugiaient mille insectes qui me disaient, en leur gentil babillage, les choses les plus aimables, et au printemps, deux grives et deux merles de mes amis construisaient leur nid au milieu de mes aiguilles. Et quels moments agréables je passais à regarder d'abord les œufs de mes hôtes ailés ! De jolis œufs gris et bleus, légèrement allongés, qui, un beau matin, se transformaient en petits oiseaux tout déplumés, mais si gentils, si délicieusement mignons, quand ils ouvraient leur bec, au moment où leur maman et leur papa leur apportaient, pour les nourrir, un ver ou une libellule.

Après le printemps, l'été. Mais, nous n'avions jamais chaud dans

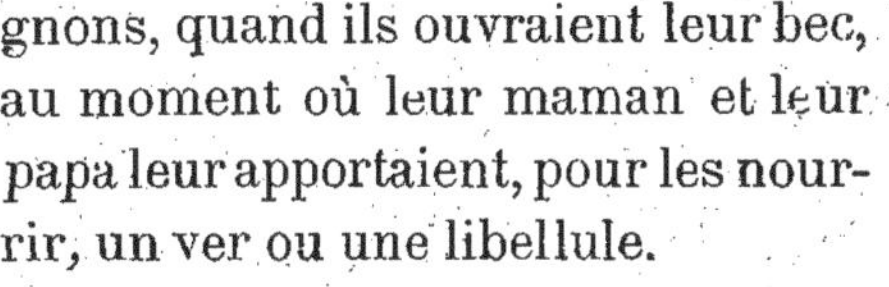

ces grands bois tout remplis d'ombre et de fraîcheur.

Précisément, à mes pieds coulait un petit ruisseau, dont le murmure me berçait doucement, et c'est au bruit des cascatelles que je m'endormais tous les soirs, en rêvant au bonheur que me promettait le lendemain, et en remerciant le bon Dieu de tous les biens dont il me comblait.

Puis, des bergers, des bûcherons, des touristes, venaient s'asseoir sur la mousse, à l'ombre de mes aiguilles, et plus d'un, avant de me quitter, me regardait avec admiration, et je lisais dans son regard : Oh! quel beau sapin!

Figurez-vous qu'un jour, un homme, qui avait de longs cheveux et de grands yeux constamment tournés vers le ciel, ce que vous appelez un poète, je crois, me chanta une petite romance dont je me rappelle la première strophe :

> Mon beau sapin, roi des forêts,
> Que j'aime ta verdure!
> Quand, par l'hiver, bois et guérets
> Sont dépouillés de leurs attraits,
> Tu gardes ta parure.

Il chantait bien, ce monsieur, mais je préférais encore la sérénade que me sifflait tous les matins un jeune merle de mes amis. Lui, ne m'appelait pas le roi des forêts, mais il me disait des choses qui m'allaient au cœur, et bien qu'elles ne fussent pas rimées, — nous faisons de la poésie, nous autres, sans rimes — elles n'en étaient pas moins belles et touchantes. Et je vous assure, qu'à cette heure, je me repens bien de ne pas les avoir appréciées comme elles le méritaient.

« Mon cher sapin, sifflait-il, que nous sommes heureux. La nature est pour nous une bien bonne mère. Elle nous donne tout sans marchander : la nourriture et le vêtement. Elle nous offre son soleil le jour, et sa lune et ses étoiles la nuit. L'air que nous respirons est d'une pureté incomparable ; l'eau que nous buvons, limpide et rafraîchissante. N'oublions jamais de remercier le bon Dieu, qui a créé la nature. L'ingratitude est le pire des vices. Les arbres et les oiseaux ne doivent pas la connaître. » Et il ajoutait, cet heureux merle : « Et puis, nous sommes libres. Personne ne vient nous déranger. Toi, tu pousses constamment ta cime vers les cieux ; rien ne t'arrête ; moi, je siffle du matin jusqu'au soir, et mes amis les rossignols, au lieu de me dire que je les ennuie, joignent leur voix à la mienne pour chanter la gloire et l'amour du Créateur. » Et il disait encore, cet excellent merle : « Enfin nous nous aimons. Quand je me pose sur tes branches, je sens bien que je te fais plaisir. Tu me balances doucement, et le bruit que font tes aiguilles, en se rencontrant sous l'action du vent, ressemble à des applaudissements que tu donnes à mes joyeuses sérénades. Cher sapin, chante avec moi : vivent les bois, l'amitié et la liberté. »

— Hélas ! si j'avais su !

Et en prononçant ces mots, la bûche poussa un soupir si long, si douloureux, que je crus de mon devoir de lui adresser quelques paroles de sympathie.

— Chère Madame, lui dis-je, je comprends vos douleurs, et, j'ose le dire, je les partage. Vous paraissez beaucoup souffrir, et s'il m'était possible de vous apporter quelque soulagement...

— Je vous remercie, Monsieur le pasteur, reprit-elle. Vous êtes bien honnête. Malheureusement, vous ne pouvez rien pour moi. Je vous demande pardon d'avoir cédé devant vous à un mouvement de faiblesse. Oubliez-le, et je continue.

La seule consolation qui allégerait le poids de ma douleur serait la pensée que d'autres profiteront de mon expérience, et de la sorte s'éviteront bien des chagrins et bien des remords. Promettez-moi donc de raconter, un jour, aux enfants que vous aurez, mes tristes aventures, et je serai heureuse en pensant que du moins mon malheur aura profité à quelqu'un.

— Ça, je vous le promets, Madame la Bûche. En vous écoutant, je me disais précisément que je pourrais raconter votre histoire, dimanche, à l'arbre de Noël.

— L'arbre de Noël, soupira-t-elle, quels tristes souvenirs vous éveillez en moi, en prononçant ces deux mots! Mais n'anticipons pas sur les événements :

J'avais vingt ans, j'étais fort comme un chêne, heureux comme un roi, du temps où ils étaient bergers, j'étais vert comme une perruche, beau comme l'aurore. Les jeunes sapins, mes voisins, étaient quelque peu jaloux de moi, et une ronce qui rampait à quelques pas devenait, de rage et d'envie, jaune comme un vieil escargot, quand le vent, la tournant de mon côté, l'obligeait à me regarder.

Tout me faisait prévoir une heureuse et longue existence, mais l'orgueil m'a perdu. On me disait si souvent que j'étais beau, grand et fort, que je finis par en être convaincu, et par me croire un sapin d'élite. A partir de ce moment, je n'eus plus qu'un

désir : quitter ces bois au fond desquels je végétais, aller en ville et trouver un milieu digne de moi où je pourrais faire valoir mes avantages et tirer profit de mes qualités. Sur ces entrefaites, le froid vint, un vent glacé siffla dans mes branches, le ruisseau s'arrêta de couler, les merles se turent, tout devint silencieux dans la forêt et je m'apprêtais déjà à prendre mes dispositions contre le froid, quand j'aperçus, un jour, à quelques pas de moi, deux messieurs dont l'un vous ressemblait de singulière façon. Ils causaient avec animation; je prêtai l'oreille et j'entendis une partie de leur conversation. Maudite curiosité, elle causa ma perte.

— « Je vous assure, mon cher ami, disait le premier de ces messieurs, en montrant un de mes voisins, que ce sapin-là est fort beau; sans doute, il n'est pas très élancé, mais ses branches sont régulières, bien fournies et quand on les aura parées de fleurs, quand on les aura éclairées de plus de deux cents bougies, quand on aura jeté sur leur verdure des fils d'argent et d'or, nos enfants le trouveront superbe et plus d'un conviendra qu'il n'a jamais vu un arbre de Noël aussi beau. »

— Ah! c'est donc vous qui étiez l'année passée...

— De grâce, ne m'interrompez pas, si vous voulez connaître la fin de ma véridique histoire.

En entendant la conversation de ces messieurs, une bouffée d'orgueil me monta dans les branches. Comment, pensais-je, peut-on trouver beau ce sapin qui me vient à peine à la ceinture ? Si on me voyait, moi ! Et aussitôt, une idée diabolique me vint à l'esprit. Si j'attirais, me dis-je, l'attention de ces messieurs, évidemment, ils laisseraient de côté mon voisin et me choisiraient et ce serait moi qui serais orné de fleurs et brillamment illuminé. Et tous ceux qui me verraient s'écrieraient qu'ils n'ont jamais vu de sapin aussi beau.

Alors, je me redressai sur mes racines; grâce à un petit vent qui, en passant, me prêta son appui; je secouai bruyamment mes aiguilles, pour attirer les regards des honorables étrangers, comme les enfants vaniteux qui toussent ou font du bruit pour se faire remarquer, quand ils ont un costume neuf.

Au bruissement que je fis, le second monsieur se retourna et, m'apercevant, ne put retenir un cri : « Le voilà le sapin que nous cherchons. C'est celui-là qu'il nous faut. »

Aussitôt, je me campai fièrement, et, comme un paon qui fait la roue, je secouai mes branches et leur imprimai un mouvement d'ondulation qui me fit paraître sous tous mes avantages. Puis, comme un soldat au port d'arme, immobile, j'attendis, non sans émotion, l'arrêt de mes juges.

Je n'attendis pas longtemps; ces messieurs décidèrent qu'ils enverraient Jean-Pierre et Jean-Marie avec leur char à vaches, pour m'emporter à Saint-Etienne. Après quoi, ils disparurent, je les suivis longtemps du regard; de temps en temps, ils se retournaient, et je comprenais au mouvement de leurs lèvres qu'ils disaient : « Quel beau sapin! »

J'étais ivre de joie. Saint-Etienne! la grande ville! abandonner mes bois pour aller dans cette immense cité où il paraît qu'on s'amuse tant, où l'on gagne beaucoup d'argent! Je ne me tenais plus, j'aurais voulu qu'on m'emportât à l'instant même. Je brûlais d'impatience. Deux jours après, Jean-Pierre et Jean-Marie se présentèrent. L'un tenait une hache, l'autre une corde.

La vue de cette hache toute reluisante me procura une sensation plutôt pénible. Mais je me raidis. « Suis-je un sapin, me dis-je, ou n'en suis-je pas un? Allons, mon ami, ne faiblis pas, il n'y a que le premier pas qui coûte. »

J'avais bien souvent vu de jeunes paysans pleurer au moment de quitter leurs montagnes pour aller s'établir dans les villes. Mais, au bout de quelques instants, ils reprenaient le dessus, et à la pensée des joies qui les attendaient, ils chantaient un joyeux refrain.

Je fis comme eux. — Aïe! Monsieur le pasteur, quelle douleur j'éprouvai quand Jean-Marie frappa à coups de hache sur mon tronc, à ras de terre. J'en pleurai de souffrance des larmes de sève. Dix minutes après, je m'abattis sur la mousse. Bientôt on me débarrassa des branches mortes, on me ligota les autres avec des liens de paille pour qu'elles ne s'abîmassent pas, on me hissa sur le char et... me voilà parti pour la capitale du Forez.

En quittant ma forêt, je dis adieu aux amis. Tous me regrettaient. Le merle me suivit longtemps. Seule, la ronce se réjouit de mon départ. Ainsi, les jaloux sont toujours contents de voir disparaître ceux qu'ils envient.

En arrivant à Saint-Etienne, par Bellevue, je fus émerveillé de la longueur de la rue : sept kilomètres ! Comme tout ce que je vis me parut beau ! Des maisons très hautes, des cheminées qui sont cinq ou six fois plus élevées que le plus grand sapin de mes montagnes ; des voitures, des tramways à vapeur, d'autres, électriques, des cafés, des magasins aux devantures brillamment éclairées, des dames et des messieurs merveilleusement habillés. Oh ! que j'allais être heureux !

Il y avait environ une demi-heure qu'on me promenait à travers les rues, quand le char s'arrêta devant un grand édifice. C'était votre Temple, Monsieur le Pasteur. On m'introduisit. Puis on me dressa au milieu de la salle. Ma tête dépassait les tribunes. Une nuée de charmantes jeunes filles se pressèrent autour de moi, et, de leurs doigts habiles, me couvrirent de fleurs, suspendirent des oranges à mes branches, piquèrent des bougies un peu partout, et la nuit venue, je fus enveloppé de lumière. Plus de 400 enfants se pressaient dans le Temple avec leurs parents et leurs voisins, pour m'admirer. Que j'étais beau ! Un murmure des plus élogieux courut dans cette immense assemblée.

Ah! certes, à ce moment-là, je ne pensais plus à mes bois et à mes amis. J'étais ivre de joie, et si ce n'avait été une corde qui me retenait de chaque côté aux piliers, je crois bien que j'aurais trébuché.

Les enfants chantèrent plusieurs cantiques. Leurs voix fraîches et pures me rappelèrent les trilles de mon merle. Puis, un monsieur se leva. Il imposa silence avec peine et raconta une histoire. Pendant son discours, les enfants bâillaient, s'impatientaient...

— Ah! ça, Madame la Bûche, vous êtes légèrement impertinente. Le monsieur qui parlait, c'était moi...

— Là, là, ne vous fâchez pas, mon cher Monsieur, je ne dis que la vérité.

— Enfin, pour terminer, après votre allocution, on distribua aux enfants des jouets, des gâteaux et des oranges ; mais c'est ici que mes malheurs commencèrent: on me dépouilla de mes fleurs, on éteignit mes bougies; j'essayai de me défendre en piquant les doigts de ceux qui m'enlevaient tous ces beaux ornements. Peine perdue. Bientôt je ne fus plus qu'un pauvre sapin, aux branches mutilées, aux aiguilles brûlées.

Puis, tout le monde partit. Je restai seul. La nuit, debout dans cet immense Temple, plongé dans l'obscurité, lamentable en mon dénuement, je fis d'amères réflexions sur ma légèreté et mon orgueil. Je commençai à regretter ma forêt.

« Ah! me disais-je, c'est ça la gloire? une heure ou deux de popularité pour retomber ensuite dans l'obscurité et l'oubli! Que n'ai-je donc écouté les sages conseils de mon ami le merle! je serais encore là-haut, plus près du Ciel, plein de santé, heureux de vivre... »

La nuit passa. Je ne fermai pas l'œil. Le jour venu, on me descendit de mon piédestal, on coupa mes branches. Je ne les ai plus revues. J'étais nu. Je m'évanouis de froid. On me vendit à un charron qui, après m'avoir fait sécher, me coupa en plusieurs morceaux, et de chacun d'eux fit un manche à pic de mineur. Je suis un de ces manches, mais je suis à bout de services, je n'ai plus la force de soutenir le pic. Aussi, mon maître, le mineur, Arsac, m'emportait-il pour me jeter au feu, quand, je ne sais comment, il m'a laissé tomber, sans s'en apercevoir, au milieu de la rue, où vous venez de me retrouver.

Voilà mon histoire. Racontez-la à vos enfants, si cela peut les intéresser.

— Chère Madame, lui dis-je, votre sort m'intéresse; je vous prends pour emmancher un marteau à casser le charbon. Je raconterai, à coup sûr, votre histoire aux enfants de l'Ecole du Dimanche, mais quelle leçon en devrai-je tirer?

La bûche réfléchit un instant, puis :

— Je ne sais pas tirer ce que vous appelez des

conclusions de ma vie. Mais voici ce que prouve mon histoire :

Si je n'avais pas eu le vilain défaut de la vanité, si le démon de l'orgueil ne m'avait animé, si j'avais su me contenter de mon sort modeste, si je ne m'étais pas laissé séduire par la perspective des plaisirs que je croyais trouver à la ville, je serais encore le roi des forêts et la sève coulerait à pleins bords dans mes veines, tandis qu'aujourd'hui je ne suis plus qu'un morceau de bois, une bûche. Et j'ai rencontré beaucoup d'hommes, qui ont fait les mêmes expériences que moi. J'ai vu des mineurs, maladifs, épuisés par les privations, par un travail pénible, par l'alcool, par les plaisirs faciles, qui ne sont plus aujourd'hui que des cadavres ambulants et qui seraient, au contraire, des paysans heureux s'ils n'avaient pas abandonné leurs champs pour la ville. Si les sapins et... les hommes me croyaient, ils resteraient dans leurs montagnes où ils pourraient vivre longtemps et heureusement, comme vous dites quand vous bénissez un mariage, tandis qu'en venant dans les villes, sous prétexte de trouver du travail et de gagner davantage, ils trouvent la misère et gagnent tous les vices à la fois.

Dites cela aux enfants de l'Ecole du Dimanche afin que le récit de mes malheurs les engage à rester dans la position où Dieu les a placés, près de leurs parents. Qu'ils se contentent de leur position. Qu'ils travaillent et soient honnêtes. Avec le travail et l'honnêteté, on peut être heureux partout, et surtout à la campagne plutôt qu'à la ville.

— Vous parlez d'or, Madame la Bûche. Je dirai tout cela aux élèves de l'Ecole du Dimanche, et je terminerai en leur racontant l'histoire de notre Sauveur Jésus-Christ, qui trouva précisément dans une ville, à Jérusalem, la mort, et la mort la plus douloureuse, la mort sur une croix.

Il est vrai qu'en mourant dans une ville, Jésus-Christ nous sauva, tandis que les jeunes gens qui abandonnent leurs champs, perdent souvent leur vie dans la débauche, et, par leur mauvais exemple, perdent aussi la vie de leurs camarades.

Et je leur rappelerai en même temps que ce furent des bergers, des habitants de la campagne qui eurent le privilège d'apprendre les premiers la naissance de Jésus-Christ, dont nous célébrons aujourd'hui l'anniversaire, et d'entendre ce beau cantique des anges :

Gloire à Dieu au plus haut des cieux.
Paix sur la terre aux hommes de bonne volonté.

C'est que, mes chers enfants, Dieu se révèle à ceux qui ont le cœur pur, et il est infiniment plus facile de conserver la pureté du cœur aux champs qu'à la ville, parce que les tentations y sont moins nombreuses et que, vivant en pleine nature, on vit plus près du Créateur.

L. COMTE.

ALENÇON. — IMPRIMERIE GUY, VEUVE, FILS ET Cie

www.ingramcontent.com/pod-product-compliance
Ingram Content Group UK Ltd.
Pitfield, Milton Keynes, MK11 3LW, UK
UKHW021037220726
13924UKWH00001B/367